余白の夜

岩木誠一郎

思潮社

余白の夜

岩木誠一郎

思潮社

装画　矢野静明
装幀　思潮社装幀室

目次

余白の夜

夜のほとりで

のどの渇きで目覚めて
台所に向かう
いやな夢を思い出したりしないように
そっと足をはこびながら
ひんやりした空気に
触れる頬のほてりが
しずまるまでの時間を歩いてゆく

ずいぶん遠くまで
来てしまったらしい
冷蔵庫の扉には
たくさんのメモが貼られていて
読みにくい文字をたどるたび
失われたもののことが
ひとつずつよみがえる

カーテンのすきまからのぞく空を
雲の影が流れている
視えない風が
わたしのなかを通りぬけて

小さな紙片を翻らせるとき
夜のほとりで
ようやく一杯の水にたどり着く

余白の夜

グラスに注いだ水を
ひと息に飲みほしてから
窓の方に近づいて
ほそくカーテンを開ける
のどの奥に流れこんだつめたさは
胸のあたりで消えてゆく

ガラス越しに見る夜の街は
いつもと同じように
むすうのひかりに彩られているが
ゆうぐれに歩いた道では
たしかにあったはずのビルが
空き地に姿を変えていた

通り過ぎてきた土地の名を
声には出さずに呼んでみる
だれかの夢から剝がれ落ちた
記憶のかけらにたどり着くために
一篇の詩を読み終えたあとの
余白にひっそりと立ち尽くすために

飛来するもの

ほそく開いたカーテンのすきまから
月のひかりに濡れた国道がひとすじ
北に向かうのを見ている
伝えることも
分かち合うこともできないものが
つめたさとして降りつもる部屋で

遠ざかるバスの座席には
わたしによく似た影がうずくまり
運ばれてゆくことの
痛みに耳をすませているだろう
ほんの少しの荷物を
胸のあたりに抱えたまま

この先には小さなみずうみがあり
冬になると白鳥が飛来するという
その名を口にしようとすると
くもりはじめたガラスのむこうを
低いエンジン音とともに
もう一台のバスが走り去る

ガラスの街まで

夜の器に盛られて
こぼれそうなひかりの粒を
遠く
バスの窓から眺めている

冬の
くもりやすいガラスのむこうで

にじんでゆくものを
何度もたしかめながら

帰るのでも
訪れるのでもなく
つめたい指さきがたどるたび
少しだけ
つながりそうになる記憶の方へ

低いエンジン音とともに運ばれて
またひとつ
発せられなかった声を
追い越してゆく

速度が上がり
近づいてくる街が
砕け散るまでの時間に
身をひそめている

遅刻

窓のむこうに広がる夜の街を
むすうのひかりが流れてゆく
まだ帰り着いていないものたちが
こんなにもあふれているから
幻になることもできないまま
地平線のあたりで消え尽きる

ガラスに触れる指さきの
つめたさをつたう記憶には
ひとすじの痛みがともなうだろう
たとえ通り過ぎる影のかたちに
隠されたままの風景が
しずかに発熱しつづけているとしても

壁にかけられた時計の針が
ひときわ大きな音をたてている
一年前も
千年前も
わたしはわたしの居る場所に
少しだけ遅刻している

ちいさな旅

ジオラマのまちのゆうぐれ
電信柱のさきに灯りがともる
記憶の影が長く伸びて
たばこ屋の角を曲がったあたり
せまい路地の入り口で
忘れかけていたものと出会いそうになる

そこでは
誰もが誰かに似ているから
のぞき込む顔ごとに
自分をさがす旅がはじまり
たとえば銭湯の前で
湯桶をかかえた姿にたどり着く

やがて
音楽とともに
閉館を告げる声が聞こえてくるとき
いつまでも帰れないひとは
道ばたで
夕陽に染まりながら立っている

灯台まで

車を出すとすぐに
フジオカさんは話しはじめた
ちょっとしたまちの噂や
だれそれの消息について
それから
通いなれたパン屋も電気屋も
店を閉めてしまったことなど

鉛色の雲が垂れこめる空の下
海べりのちいさな町は
しだいに記憶のなかからよみがえる

子どもがふたり
波打ち際で何かを拾っている
流れ着いたものがあり
流れ去ったものがある
夕暮れが近づいて
道のまんなかの白線だけが
浮かびあがって見えてくる
灯台まで
わたしは帰って来たのではなく

訪れるひとになっている

車を降りると
夕闇が濃くなっている
ひとすじのひかりがさぐる
遠い日々では
波の音も
海鳥の声も
変わりないものと思っていたが

背後でフジオカさんが呼んでいる
振り向いても
顔を見分けることができない

運河のまち

風が
吹き渡るたび
水に映るひかりがゆれる
夜の空気が
ひんやりと首筋に触れ
潮の香りが
少しだけ強くなってくる

海鳥の声を聞いたように思うのは
空耳だろうか
ここは記憶の流れ着く場所だから
だれもが
遠い目で昔語りをする
運河を行き交う舟が
途切れることを知らなかったころの

視線を上げるとそこには
灯りのまばらなまちがうずくまる
ほんとうの世界には
いつも何かが欠けていて

差しのべる指のさき
空の尽きるあたりで
またひとつ星が燃え墜ちる

冬の眠り

扉を開けて
雪の降りしきる街に出て行く
さっきまで
遅い朝食をとりながら
窓越しに眺めていた空には
雲ひとつなかったはずなのだが

きのうかかってきた電話は
いつもより低くくぐもり
遠い星から届く声のようだった
何度も
聞き返さなければならないほどに

約束の場所へと向かうための
バスを待ちながら
積もってゆくものを見ている
音が消えてゆく世界を見ている

小さな生き物たちは地面の下で
もう眠りに就いただろうか

目を閉じると
まぶたの裏側を流れてゆくものがある

視る

まだ
大丈夫
腕時計に目をやってから
空を見上げてみる
風が流れている
そう思うことで
運ばれてゆくものがある

視る
というはたらきについて
図解した本には
小さなみずうみのようなもの
消えそうな径のようなものがあり
そこから
ときに剝がれ落ちてしまう薄い膜まで
わたしは
指のさきでたどってみたのだが

ゆるやかな坂道をのぼって
空席ばかりのバスが現れる

開いたドアに
影がひとつ吸いこまれ
行き先も告げないまま
ひっそりと
走り去る

冬のカフェ

向かい合わせに座る
窓際の席では
陽ざしが思いのほか強く
まぶしさで
たがいの顔が見えないまま
飲み物を注文する

話さなければならないことが
あるはずなのに
黙りこんで
グラスの水を口に運ぶ
つめたさが
記憶をしずかに濡らしてゆく

何と言ったのだろうか
ひかりのむこうから声が届く
店内のざわめきが
一瞬しずまって
食器の触れ合う音が
遠く聞こえている

ゆうぐれの席で

どこへ
向かおうとしていたのか
冬の
街路樹は枝さきを切られ
曇り空を見上げたまま
立ちつくす姿となる

駅前通りのカフェの

ゆうぐれの席で
さめたコーヒーをすすりながら
ガラスのむこうの風景と
店内の光景が重なり合うのを
ぼんやり眺めていると
わたしのなかを通り過ぎるひとがいる

風が吹いて
視えない枝さきがゆれる
かすかに残る
足跡も消えて
磨かれたまちに
灯りがともりはじめる

しろい月

石段を下りてゆくと
涸れた川のほとりに
小さなベンチが置かれている
ゆうぐれはいつも
そのあたりからはじまり
水色の電車が停まる駅まで
ほそい径がつづく

改札をぬけるころ
ホームにはすでに灯りがともり
影をまとったひとたちの
背なかがいくつも並んでいる
帰り着こうとするたび
遠ざかるものがあるから
だれもが指のさきまで暮れてゆく

頭上にはしろい月が昇っている
街のざわめきが届かない高さで
しずかに欠けてゆくものがあり
まもなく

という声に
むすうの耳が
身がまえる

朝のひかり

夜明け前の空で撃たれた鳥が
夢のなかに墜ちて来る

どこまでもつづくかと思われた
垂直な時間のあとで
薄いカーテンのすきまから
朝のひかりが射して

叫ぶことも忘れたまま
ひとのかたちとなって目が覚める

きのう
仕事帰りに飲んだビールの
苦さがよみがえる
ガード下の店で
固い椅子に座って
未来だとかなんだとか
考えていたのだが

グラスに水を注いで
指さきに触れるつめたさをたしかめる

かすかな震えが
背骨をつたいはじめて
耳の奥で
聞こえるはずのない銃声がひびく

冬の改札

落ち葉を踏んで歩く
駅へと向かう道は
夢のつづきのように濡れて
しめった足音が
少し遅れてついて来る
はじまりと呼ぶには
まだ暗い空の下で

うしろ姿のひとつになる

こわれた傘が捨てられている
風の強い夜だった
明け方近く
雷鳴を聞いたような気もするが
朝食のリンゴをかじりながら
思い出しかけていたのは
もっとはるかな場所での
出来事かもしれない

雲の色が変わり
近づいて来るものがある

階段をのぼって
通りぬける改札のむこう
よく似た背なかばかり
並んでいるところまで
今朝も
さがしにゆく

夕焼けを渡る

ゆうぐれの交差点で
信号が変わるのを待ちながら
西の空を眺めている
こんなふうに見上げるのは
ずいぶん久しぶりだ
赤く染まった雲が
ゆっくりと流れている

むこう側には
買い物袋をさげたひとが立っている
どこか
遠い日の母と似ているのは
夕焼けのせいだろうか
記憶からにじみ出した影が
わたしを追い越してゆく

そのとき
目の前をバスが通過して
想いはそこで断ち切られるのだが
消えてしまったものを

もう一度さがすために
ひとり
渡ってゆく

風のゆくえ

歩くたび
草が枯れる
線路沿いの道をゆくと
とうとつに日が暮れて
野の果てに
打ち捨てられている自転車まで
重なり合う風景の
どのあたりを通過しているのか

鉄橋を渡る列車の音が
遠くひびいている

歩くたび
草は枯れて
さわさわと鳴る風の
ゆくえを見送りながら
長いあいだ忘れていたことを
思い出そうとしている
たとえば駅舎の影が
隠している空のかたすみで
星がひとつ
またたきはじめているような

冬の星座

訪れたことのないまちを歩いている
石畳の
ゆるやかな坂をのぼり
果物やパンを売る声が
くぐもる路地にさしかかるころには
もう夢だとわかっているのだが

何かで見た風景に
迷いこんでしまうと
どの顔もなつかしいのに
思い出すことができない
リンゴを手に
聞きとれない言葉を話しているひとの
視線はわたしをとおりぬけ
背後の客に届いている
おそらくそこにも
見覚えのある男がいるだろう

目覚めようとするたび
別の場所にたどり着いてしまうから

いつまでも
終わらない旅の空に
また
冬の星座をさがしている

夜の地図

記憶のなかの濡れた地図が
破れないように指でたどりながら
消えかけた土地の名を読んで
忘れかけた町の名を呼んで
北へ向かうひとすじの道が
尽きるあたりで立ち止まる

その先には沼があり
もうじき鳥たちが渡って来るという
翼の音や鳴き声が
不意にあたりをみたすとしても
冴えかえる月のひかりは
すぐにすべてを眠らせてゆくだろう

のどの奥からせり上がる
叫びにも似た影の
立ち去った後にのこる足跡が
夜明け近く
かわきはじめた紙のうえに
かすかにしるされる

長い夜

けものたちが耳をすます
雪に覆われた丘の果てで
夕陽はひとしずくのひかりとなって
しずかにこぼれおちてゆく

そのあとにつづく長い夜を
歩きはじめようとして
黒い森の陰から昇る月が

かすかに照らし出す径を
こわれやすいことばでさぐっている

川に近づいてはいけない
何度も聞かされてきたことが
ひときわ深い闇となって
わたしのなかに横たわる

背負うべきわずかな荷物は
すでに用意されている

出発しなければならない
たどり着く場所のない伝令として

夜間飛行

地上にともる
ひかりをさがして
しだいに
高度を下げてゆく

わたしたちは
遠い声にみちびかれている

だれもが
それとは気づかないうちに

耳の奥で
かすかに鳴る音楽は
まだ
夢のつづきだろうか

旅さきのホテルの
うす暗い部屋で
何度も目覚めては
遠い朝を待つように

視えないみちの上で
姿勢を保つこと
あと少しで
知らない場所にたどり着く

雨上がりの夜に

午前零時の台所で
グラスの水を飲みほしたとき
流れ落ちてゆくつめたさを
どれほど
待っていたのかに気づいた

雲の切れ間からのぞく月が

濡れた舗道を照らしている
何度も歩いている距離が
今夜は
少しだけ遠い

空き地のそばを通ったとき
くさむらで動いた影が
聴こえない足音となってついて来る
駆け出したい想いをこらえて
一歩ずつ前へ進む

のどが渇いている
ひりつく痛みに

叫ぶこともできないまま
見えてくるはずの
灯りをさがす

あの日からずっと
みつからないものに
わたしはたどり着いているだろうか
カーテンのむこうの
ひかりに濡れたまちで

あとがき

この七年ほどの間に書いた作品をまとめました。自分にとって八冊目の詩集になります。何冊目かの詩集を出したとき、今は亡き先輩詩人から、「詩人は十年に一冊、優れた詩集を出せば十分」と言われたことがあります。またしてもその言葉にそむくこととなりました。

大人になればわかるだろうと思っていたことが、年を重ねるごとにますますわからなくなっていくような気がします。触れていると思っているものが、ほんとうにそこにあるのかどうか。いつまでたっても不安は不安のままです。同じように感じているひとに、少しでも言葉が届けば幸いです。

　詩集をまとめるにあたり、今回も多くの作品に手を入れました。初出時とはかなり別の作品になったものもあります。ひとつの物語を形作るのにはどうしても必要なことだったと思っています。

　最後になりましたが、作品のイメージにぴったりの表紙絵を提供してくれた画家の矢野静明さん、いろいろな希望を聞き入れて本を造ってくれた思潮社編集部の髙木真史さんをはじめ、たくさんの方々のお世話になりました。ありがとうございます。

岩木誠一郎

初出一覧

夜のほとりで	「愛虫たち」83号	二〇一五年二月
余白の夜	「愛虫たち」80号	二〇一二年十月
飛来するもの	「ぶーわー」26号	二〇一一年五月
ガラスの街まで	「ピエ」16号	二〇一六年五月
遅刻	「愛虫たち」78号	二〇一一年五月
ちいさな旅	「愛虫たち」84号	二〇一五年八月
灯台まで	ｗｅｂサイト「詩客」	二〇一二年九月
運河のまち	「愛虫たち」85号	二〇一六年三月
冬の眠り	「極光」21号	二〇一四年二月
視る	「極光」20号	二〇一三年八月

冬のカフェ	「愛虫たち」81号	二〇一三年八月
ゆうぐれの席で	「極光」25号	二〇一六年二月
しろい月	「現代詩手帖」九月号	二〇一二年九月
朝のひかり	「愛虫たち」82号	二〇一四年五月
冬の改札	「びーぐる」22号	二〇一四年一月
夕焼けを渡る	「極光」22号	二〇一四年八月
風のゆくえ	「地上十センチ」2号	二〇一二年十二月
冬の星座	「極光」19号	二〇一三年二月
夜の地図	「愛虫たち」79号	二〇一二年三月
長い夜	「極光」23号	二〇一五年一月
夜間飛行	「北海道詩集」64号	二〇一七年十月
雨上がりの夜に	書き下ろし	

岩木誠一郎　いわき・せいいちろう
一九五九年　北海道生まれ

詩集
『青空のうた』（一九八六年・詩学社）
『ラヴ・コール』（一九八九年・ミッドナイト・プレス）
『夕焼けのパン』（一九九一年・ミッドナイト・プレス）
『風の写真』（一九九五年・ミッドナイト・プレス）
『夕方の耳』（二〇〇〇年・ミッドナイト・プレス）
『あなたが迷いこんでゆく街』（二〇〇四年・ミッドナイト・プレス）第42回北海道詩人協会賞
『流れる雲の速さで』（二〇一一年・思潮社）

余《よ》白《はく》の夜《よる》

著　者　岩木《いわき》誠一郎《せいいちろう》

発行者　小田久郎

発行所　株式会社思潮社

〒一六二―〇八四二　東京都新宿区市谷砂土原町三―十五

電話〇三（三二六七）八一五三（営業）・八一四一（編集）

ＦＡＸ〇三（三二六七）八一四二

印刷所　創栄図書印刷株式会社

製本所　小高製本工業株式会社

発行日　二〇一八年一月二十五日